POÉSIES

DE

M. PIERRE BATLLE.

PERPIGNAN.

IMPRIMERIE DE J.-B. ALZINE.

1841.

Y

Poésies.

POÉSIES

DE

M. PIERRE BATLLE,

EXTRAITES

DU CINQUIÈME BULLETIN

publié

PAR LA SOCIÉTÉ DES PYRÉNÉES-ORIENTALES,

SCIENCES, BELLES-LETTRES, ARTS INDUSTRIELS ET AGRICOLES.

PERPIGNAN.

IMPRIMERIE DE JEAN-BAPTISTE ALZINE.

1841.

C.

Doute et Foi.

*

A M. Alphonse de Lamartine.

*

> Toutes les pensées d'existence et d'avenir
> se tiennent. Pour croire à la vie qui doit
> suivre celle-ci, il faut commencer à croire
> à cette vie elle-même, à cette vie passagère.
>
> BALLANCHE.

I

Vingt ans que de chagrins mon ame poursuivie
Ne cesse de crier : Pitié, pitié, Seigneur !
Vingt ans que toute paix à mon cœur est ravie ;
Vingt ans que j'ai perdu tous ces biens de la vie
    Où l'homme cherche un vain bonheur !

Vingt ans qu'en m'éveillant je me dis, chaque aurore,

« Espérons qu'aujourd'hui sera meilleur qu'hier. »

Et, sans pouvoir calmer la soif qui me dévore,

Vingt ans qu'à mon calice, hélas! je trouve encore,

Chaque jour, un fiel plus amer!

Vingt ans, sans que le ciel ait jeté sur ma voie

Une frêle espérance, un seul regard d'amour,

Un astre pour ma nuit, une fleur pour ma joie;

Vingt ans que dans les pleurs ma pauvre ame se noie;

Vingt ans que je meurs chaque jour!

Car mourir, ce n'est pas seulement cesser d'être,

Lever sur ceux qu'on aime un regard affaibli;

Recevoir en tremblant de la bouche du prêtre

Le pardon qui vous doit ouvrir les cieux... peut-être,

S'éteindre et tomber dans l'oubli.

Mourir, oh! c'est aussi, las, bien las sur la route,

N'avoir plus une source où se désaltérer,

Un bras qui vous soutienne, un cœur qui vous écoute;

C'est avoir vu sa foi pâlir devant le doute ;

  Mourir, c'est ne plus espérer.

Lorsque, sous les douleurs, l'ame plie et chancelle

A ce point qu'impuissante à tout sublime essor,

Ange précipité de la voûte éternelle,

Sur la terre, en pleurant, elle traîne son aile,

  Veuve de tous ses rêves d'or :

Lorsqu'on gravit, ainsi, tristement son calvaire,

Trop détrompé de tout pour dire encor : « Je crois. »

En repoussant l'espoir ainsi qu'une chimère,

En portant dans son cœur cette pensée amère

  Que tout doit finir sur la croix,

Ah ! peut-on dire encor qu'on existe ? on végète ;

On languit tout miné par le ver des douleurs,

Sans pouvoir rien mûrir de ce que l'on projette,

Sans jamais voir éclore un soleil qui vous jette

  Le rayon d'où naissent les fleurs,

Jusqu'à ce que la mort, enfin, enfin, se lève

Sur ce chemin de pleurs arrosé jusqu'au bout,

Et, d'un coup de sa faux, renverse sur la grève

L'arbre où n'arrivait plus la fécondante sève

    Et qui, pourtant, restait debout.

II

    Poète aux grandeurs infinies,

    Tendre et religieuse voix,

    Dont les puissantes harmonies,

    Au milieu de mes agonies,

    Me ranimèrent tant de fois;

    Chrétien qui, malheureux toi-même,

    Bus, au moins, ta coupe de fiel,

    Sans que son amertume extrême

    Souillât ta lèvre d'un blasphème,

    D'un murmure contre le ciel;

Cœur vraiment fort, que ne rebute
Nulle douleur, enseigne-moi
Comme, à tous les chagrins en butte,
On peut en soutenir la lutte
Sans y laisser rien de sa foi;

Comme, en ses deuils, l'ame peut, même,
Veuve de son dernier appui,
Sous les coups de ce dieu qu'elle aime,
Entonner un hymne suprême
Qui monte encore mieux à lui;

Pareille à cette cloche ailée
Qui, sous le bras fort du sonneur,
Vibre, et plus elle est ébranlée,
Mieux, dans l'air, à pleine volée,
Elle chante pour le Seigneur.

La douleur, dis-tu, régénère,
Et Dieu livre l'homme au chagrin

Comme le vanneur débonnaire

Dévoue au fléau, sur son aire,

L'épi, pour qu'il donne son grain;

Comme le forgeron torture

Le fer qui, semant ses éclats,

Sort du supplice qu'il endure

Avec une trempe assez dure

Pour braver le choc des combats.

Mais, s'il est vrai, Dieu que j'implore!

De ce cœur, si long-temps foulé

Par les douleurs, dès chaque aurore,

D'où vient que, sous ta verge, encore

Nul trésor de foi n'a coulé?

D'où vient que tu brises mon ame,

Sans que, dépouillant ses erreurs,

Elle jaillisse de ta flamme,

Trempée en héroïque lame,

Sous le baptême de mes pleurs?

Hélas! Seigneur! c'est que, peut-être,

Lorsqu'on laissa mourir sa foi,

Il faut, pour la sentir renaître,

Vive et pure, au fond de son être,

Se mettre en présence de toi;

Que, loin des villes, réceptacles

De tant d'esprits audacieux,

Il faût, contemplant les miracles

Etalés dans les grands spectacles

Des mers, de la terre, des cieux,

Pouvoir se dire, chaque aurore,

Chaque soir, quand Vesper a lui :

« Ces fleurs, ces bois, qui les colore?

« Ces astres, qui les fait éclore,

« A nos regards, si ce n'est lui ?

« Lui, ce Dieu, puissance incréée

« Qui, d'un mot, créa l'univers,

« Qui, de nuages entourée,

« Cependant, bénie, adorée,

« Partout, sous tant de noms divers,

« Partout, daigne éclairer son ombre,

« Et se rendre, aux regards humains,

« Visible dans les biens sans nombre

« Que, du haut de sa clarté sombre,

« Elle nous verse à pleines mains;

« Dans sa splendeur universelle,

« Prouvée à nos cœurs, à nos yeux,

« Aussi bien dans l'humble étincelle

« Qu'un ver, sous l'herbe, en lui recèle,

« Que dans cet astre, roi des cieux ! »

Oui, je le sens, c'est loin d'un monde

Frivole, impie et suborneur,

C'est aux champs, sur les bords de l'onde,

Que l'ame, en sa paix si profonde,

Peut ouïr la voix du Seigneur.

Tu l'attestes, divin poète,
Si prompt à reprendre l'essor,
Vers ton Saint-Point, qui te regrette,
Dès que la tribune muette
T'y laisse revoler encor !

Là, comme un fils des temps antiques,
Des grandeurs déposant le poids
Au pied de ses Lares rustiques,
Là, de tes luttes politiques
Tu respires sous tes grands bois.

Là, notre aigle parlementaire
Redevient cygne aux purs accents,
Et, dans la forêt solitaire,
De sa voix laisse, avec mystère,
Glisser les hymnes renaissants ;

Sublime et gracieux cantique
Qui, s'envolant de ce doux lieu,

Eveille un écho sympathique

Dans toute.ame assez poétique

Pour sentir le souffle de Dieu !

Ah ! puisque la sainte parole,

Seul baume à nos adversités,

Est une fleur dont la corolle

Bientôt se fane, s'étiole,

Au sein de nos froides cités,

Loin de ces foules, où nous sommes

Sitôt flétris par les méchants,

Que je reprenne mes doux sommes,

En allant vivre avec des hommes

Élevés dans la paix des champs;

Que je découvre une Arcadie,

Où Dieu vienne aussi me guérir

De ce doute impur, maladie

Qui perd l'ame, ronge la vie,

Et fait, ainsi, deux fois mourir !

Là, j'irai, dans le gai ramage

Des oiseaux peuplant le vallon,

Dans le chant des flots sur la plage;

Dans les murmures du feuillage

Apprendre à distinguer son nom.

Là, je veux, suivant, tout entière,

La loi qui régit son bercail,

Toujours de la même manière,

Plier mon ame à la prière,

Soumettre mon corps au travail.

Je saurai, sous mon joug superbe,

Contenir mes bœufs accouplés,

Au printemps, abattre mon herbe,

A la moisson, nouer en gerbe

Les blondes tiges de mes blés;

Je saurai, dans mon humble grange

Recevant mon huile, mon miel,

Ou les doux sucs de ma vendange,

Toujours dire : « Grâce et louange

« Au Seigneur ! Tout me vient du ciel :

« Du ciel qui donne, à qui demande,

« Et par qui ne me sont prêtés

« Ces trésors qu'afin que j'en rende

« La part, sans doute, la plus grande

« Aux pauvres qu'il n'a pas dotés;

« Et pour qui tous nous devons être

« Aussi bons qu'ils sont malheureux,

« Car ils viennent au nom du maître,

« Dieu fait homme, qui voulut naître

« Humble, simple et pauvre comme eux. »

C'est ainsi que, dans ces demeures,

En chrétien soumis à sa loi,

Je laisserai couler mes heures,

Les plus saintes et les meilleures

Qui jamais auront lui pour moi;

Et cette foi qu'une humble mère
Me fit sucer avec son lait,
Au seuil de cette vie amère;
Qui, d'un monde où tout est chimère,
Plus tard, du moins, me consolait;

Cette foi que, par ses scandales,
L'impie, hélas! sut m'enlever,
Et que, prosterné sur les dalles
De nos superbes cathédrales,
Jamais je ne pus retrouver;

Ainsi, doux frère en poésie!
Barde au luth providentiel!
Ainsi, je l'aurai ressaisie
En cachant, comme toi, ma vie
Dans un Saint-Point aimé du ciel;

En allant verser la prière
De ce cœur, long-temps orphelin,

Devant une humble croix de pierre ;

Comme, le front dans la poussière,

Y pria ton pur Jocelyn.

A UNE JEUNE FILLE POÈTE

MALADE A LA CAMPAGNE.

MADEMOISELLE E. B.

*

> Ami, Dieu quelquefois afflige ceux qu'il aime.
> Souvent la maladie, Euménide au teint blême,
> Quittant le vestibule éclairé par l'enfer
> Au poète chrétien cède son lit de fer.
> Dieu le permet ainsi, Dieu veut qu'on se recueille,
> A certains jours de l'an, pour lire, feuille à feuille,
> Dans le livre de l'ame, avec recueillement,
> Oracle intérieur qui jamais ne nous ment.
>
> MÉRY.

Que de fois, quand la nuit nous couvre de son voile

Et promène dans l'air son char silencieux,

Le regard attaché sur une vive étoile,

Je la vis, tout-à-coup, pâlir au front des cieux !

Que de fois, m'égarant sur le mont, sur la grève,

Rêveur, je m'affligeai de trouver dans le bois

Un pauvre arbuste en fleur dont s'épuisait la sève,

Un pauvre oiseau plaintif dont s'éteignait la voix !

Alors, sentant des pleurs rouler sous ma paupière,

Oh ! — disais-je — qui sait, astre au rayon charmant !

Si tu dois, à mes yeux épris de ta lumière,

Etinceler encore ainsi qu'un diamant ?

Qui sait, pâle arbrisseau qu'un souffle ardent consume,

Si ta fleur doit encore embaumer ce doux lieu ?

Qui sait, oiseau sans voix, haletant sous ta plume,

Si tu dois, sur ta branche, encor chanter pour Dieu ?

Et voilà que, bientôt, l'étoile pâlissante,

Echappant aux vapeurs qui la voilaient ainsi,

Cherchait, plus amoureuse, et plus resplendissante,

Mon regard qui, vers elle, étincelait aussi.

Voilà que, sur la terre, une averse épandue
De l'arbuste incliné relevait les fleurs d'or,
Et que, sous l'eau du ciel, l'oiseau, l'aile étendue,
Bientôt, joyeusement, pour Dieu, chantait encor.

Ainsi de vous, enfant à ce doux bord ravie,
Je vis pâlir aussi le rayon de vos yeux,
A peine en son printemps s'effeuiller votre vie,
Hélas! et s'endormir votre hymne si joyeux.

Et vous vous étonniez, vous, bénie, adorée,
Vous qui toujours du Christ avez goûté la loi,
D'être, si jeune encore, à tant de maux livrée,
Et vous vous demandiez naïvement pourquoi.

Pourquoi? c'est que le ciel éprouve ceux qu'il aime;
C'est qu'il faut, ici-bas, pleurer amèrement,
Afin que Dieu, là-haut, nous fasse un diadème
De ces pleurs dont chacun se change en diamant;

2

C'est que, par ses douleurs, le Juste a la puissance
D'expier les oublis d'un monde criminel,
Et que sur votre front brille assez d'innocence
Pour nous en couvrir tous aux yeux de l'Eternel.

Acceptez donc, jeune ange, et sans trouble et sans plainte,
Les maux que, parmi nous, Dieu vous a réservés,
Comme il accepta, lui, cette croix encor teinte
Du sang libérateur qui nous a tous sauvés.

L'oiseau dont la voix tendre, au fond du bois, expire,
L'étoile qui s'efface en un lointain brumeux,
Ne se demandent point pourquoi Dieu leur retire
Leurs chants et leurs rayons : Eh bien ! faites comme eux ;

Et, sans vouloir, ainsi, dégager de leurs voiles
Les desseins du Très-Haut cachés dans vos douleurs,
Confiez-vous au Dieu qui soutient les étoiles,
Ranime les oiseaux et relève les fleurs.

Et ne voyez-vous pas, lorsqu'au miroir des ondes
Votre image, parfois, s'offre à vos yeux distraits,
Quel feu déjà renaît sous vos paupières blondes,
Quel nouvel incarnat déjà pare vos traits?

Croyez-en mon espoir, ô douce jeune fille!
Encore un mois d'exil en cet agreste lieu,
Où, loin de tant d'amis vous pleurant en famille,
Calme, vous ne vivez qu'en présence de Dieu;

Et le débile arbuste, au languissant feuillage,
Bientôt, n'en doutez pas, relèvera son front;
Et l'astre, aux feux voilés, percera le nuage;
Et de l'oiseau muet les chants éclateront;

Et, quand vous reviendrez assister à nos fêtes,
D'une santé vermeille étalant les trésors,
Vous aurez à verser encor sur vos poètes
Plus de rayonnements, de parfums et d'accords.

LE MOIS DE MARIE.

—

Ave Maria, gratiá plena.

Mai vient d'éclore ;

Le ciel se dore,

Tout se colore,

Les champs, les bois ;

Son souffle éveille

La fleur vermeille,

L'oiseau, l'abeille

Et notre voix.

Quand ce mois brille,

Si la charmille

Bientôt fourmille

D'oiseaux chantants

De tout ramage,

De tout plumage,

Rendant hommage

Au gai printemps;

Si la vallée,

Dans chaque allée,

Chaque feuillée

D'épais buissons,

Cache une lyre

Dont le zéphire,

En passant, tire

Les plus doux sons

Si les eaux vives,

Long-temps captives,

Baignent, aux rives,

Tant de trésors;

Si la prairie

Est si fleurie,

C'est que Marie

Sourit alors.

C'est son haleine,

Qui, sur la plaine,

Verse et promène

Miel et senteurs;

Sa voix touchante

Qui nous enchante

Quand l'oiseau chante

Parmi les fleurs.

Sa lèvre rose,

Seule, dépose

Sur chaque rose

Un doux carmin;

Sa main si blanche,

Seule t'épanche

Ta neige, ô branche

De frais jasmin !

Joyau suprême,

Son diadème

De feux parsème

Nos verts sillons,

Soit qu'il embrase

D'or, de topaze,

L'aile de gaze

Des papillons ;

Soit qu'il allume

L'ardente plume,

Riche costume

Des fils de l'air ;

Et leur aigrette

Qui, si coquette,

Passe et nous jette

Un vif éclair !

Qui donne à l'onde,

(Toujours immonde

Quand l'hiver gronde)

Un bleu si pur,

Si ce n'est elle

Dont la prunelle

Nous y révèle

Tout son azur?

C'est elle encore

Qui vous décore,

Quand naît l'aurore

Aux feux charmants,

Mousses et plantes,

Toutes brillantes

Et scintillantes

De diamants !

Car ces rosées,

Sur vous posées,

Fleurs irisées !

Ce sont les pleurs

Que sa tendresse

Répand sans cesse

Avec largesse,

Sur nos douleurs.

Brise fidèle

Qui, sur ton aile,

Des fleurs, vers elle,

Portes l'encens,

Recueille, fière

D'être courrière

De la prière,

Nos purs accents ;

Et que Marie,

Reine chérie,

Du ciel, sourie,

Les yeux sur nous,

Au chant de flamme

Qu'elle réclame,

Mis par notre ame,

A ses genoux!

ENVOI A UNE JEUNE FILLE.

N'en croyez pas cette peinture

Du mois si doux que j'ai chanté;

Tout ce qui rend Marie et si belle et si pure,

Tout ce qu'elle a de grace et de suavité,

Tout — je le dis sans imposture —

Est encor bien moins reflété

Dans le printemps de la nature

Que dans le vôtre, à vous, chaste fleur de beauté!

Après une lecture de Victor Hugo.

—

RÉPONSE A Mme ÉLISE G...

—

> Quand la brise du soir, en passant à travers,
> Lorsque du marécage, aux mille tuyaux verts,
> En pousse vers le ciel une plainte touchante,
> Voyageur ne dis pas : « Gloire au roseau qui chante! »
> Mais, le foulant aux pieds dis : « Gloire au Dieu vivant
> « Qui féconde la boue et qui commande au vent! »
>
> Hégésippe MOREAU.

Si ma voix sut trouver le chemin de votre ame,

En vous lisant les vers de notre grand Victor,

Honneur à lui! lui seul a mérité, Madame,

L'hymne reconnaissant de votre lyre d'or.

Les sons mélodieux de la harpe Eolique,

Durant la paix des nuits charmant l'écho des bois,

Sont les soupirs du vent dont la vague musique

Passe, effleure la corde et lui donne une voix.

Je devins cette harpe ; au souffle du génie,

Ma voix se mit pour vous à chanter doucement.

En avez-vous goûté la plaintive harmonie ?

Remerciez l'artiste, et non pas l'instrument.

S'il est vrai, toutefois, qu'en passant par ma bouche

Le vers jaillisse mieux de son rhythme vainqueur,

Prenne mieux cet accent qui pénètre, qui touche,

Et plus doux à l'oreille, arrive mieux au cœur,

Ouvrez-moi votre Album ; sur ces feuilles intimes

Il est tant d'hymnes saints qui, d'un voile couverts,

Cachent, là, je le sais, le trésor de leurs rimes,

Comme cache le sien la perle, au fond des mers.

Oh! s'il m'était donné de vous les faire entendre
Ces vers qui, pleins de charme et de suavité,
Sans bruit, sur le vélin, tombés d'une ame tendre,
A votre oreille même, encor n'ont point chanté!

Non, jamais, croyez-moi, plus molle poésie,
Jamais plus doux accords d'un luth aimé du ciel,
Jamais chants plus heureux d'une muse choisie
Ne vous auraient versé l'extase, à flots de miel.

Vous trouveriez alors tant de grace divine,
Tant de pure harmonie et d'exquise douceur
A ces chants qui, bientôt, de notre Lamartine
Vous feront proclamer et l'émule et la sœur,

Que, devant ces essais d'une timide femme,
Je vous verrais tomber vous-même à deux genoux,
Si, pourtant, vous pouviez, en m'écoutant, Madame,
Ne pas vous souvenir que ces vers sont de vous.

L'ÉTOILE

Chant d'un Mantonnier.

—

> Et c'est toi , beauté que j'adore ,
> C'est toi seule en qui je crois voir
> L'étoile qui brille à l'aurore ,
> Et l'étoile qui brille au soir.
>
> Joseph AUTRAN.

Il est, dans ma nuit, une étoile

Que mon regard cherche toujours.

Elle seule guide ma voile

Sur cette mer que je parcours.

Elle se lève en mon ciel sombre

Dès que le firmament, dans l'ombre,

De feux commence à se peupler.

Epris de sa lumière tendre,

Je vis tout le jour pour l'attendre,

Tout le soir pour la contempler.

Elle est si pure, si sereine!

Son regard a tant de douceurs!

Elle brille si bien, en reine,

Au milieu de ses blanches sœurs!

Dans tout le radieux espace,

Il n'est point d'astre que n'efface

L'éclat charmant dont elle luit;

Que vers moi sa beauté rayonne,

Soudain, tout ce qui l'environne,

A mes yeux, rentre dans la nuit.

Durant ces heures de mystère

Où l'univers silencieux

N'a que ténèbres sur la terre,

Que rayonnements dans les cieux,

Quel bonheur, sous les yeux des anges,

D'entretenir de purs échanges

D'ombres et de molles clartés,

Elle, dans son azur paisible

Où la garde une aile invisible,

Et moi, sur mes flots agités.

Battu souvent de la tempête,

Je l'entends gronder sans effroi.

Je me dis : Il est sur ma tête

Une astre qui veille pour moi ;

Un astre dont la clarté pure

Au milieu de ma nuit obscure

Viendra bientôt étinceler ,

Sur cette mer grosse d'orages

Me glissant , entre deux nuages ,

Un rayon pour me consoler.

Pourtant , bien des fois , je m'attriste

Lorsque je songe à nos amours :

Je sais trop qu'un obstacle existe

Qui doit nous séparer toujours.

Et de l'attraction si douce

Qui , l'un vers l'autre , ainsi nous pousse ,

Qu'espérer , lorsqu'un sort cruel

Entre nous , si pleins de constance ,

Mit , hélas ! toute la distance

Jetée entre l'onde et le ciel ?

Rêveuse étoile que j'adore !

Ah ! si mon horizon tout noir

A tel point s'assombrit encore

Que je ne puisse plus te voir,

Qu'alors cette nef vagabonde,

Jouet du vent, jouet de l'onde,

Sans but, sans port, flotte au hasard,

Heureux si bientôt elle sombre

Sur ces flots grondants où, dans l'ombre,

Ne me luisait plus ton regard !

Six Sonnets.

I

LA MER.

A MON AMI JOSEPH AUTRAN[*].

Poète harmonieux que j'admire, que j'aime,
Crois-moi, c'est vainement qu'un Zoïle a jeté
Son envieuse fange à ton beau diadème;
Il resplendit de gloire et d'immortalité.

Vois la mer, cette mer dont ta muse elle-même
En rhythmes si puissants chanta l'immensité.
De son onde, miroir de la beauté suprême,
L'aquilon veut aussi ternir la pureté.

Qu'importe! il bat ces flots, les étreint, les secoue;
Il s'épuise en efforts pour les souiller de boue;
Mais son aile est débile et l'abîme est profond;

Et la mer, quand se tait la turbulente haleine,
N'en est pas moins brillante et moins pure et moins pleine
D'azur, à sa surface, et de perles, au fond.

---

[*] Auteur de quatre volumes de poésies très remarquables: *La Mer*, *Ludibria ventis*, *Ballades et poésies musicales*, *Plume blanche et plume noire* (ce dernier sous-presse); d'un beau poëme sur l'Afrique, *Miliana;* et d'un livre intitulé: *Italie et Semaine Sainte à Rome*, qui est, sans contredit, le plus intéressant qu'on puisse lire sur un pareil sujet.

II

LES DEUX IMPROVISATIONS.

(ÉCRIT, APRÈS DES VERS DE MON AMI MÉRY, SUR L'ALBUM DE L. G.)

En m'ouvrant cet album où Méry, chaque jour,
Laisse tomber un chant de sa puissante lyre,
Vous daignez m'inviter, d'un gracieux sourire,
Madame, à semer là quelque strophe, à mon tour;

Et moi, qu'un mal cruel brouille avec l'art d'écrire,
Moi, dont le pauvre luth s'est brisé sans retour,
A ce vœu, cependant, empressé de souscrire,
Voilà que d'un sonnet j'ose risquer le tour.

D'où me vient donc la rime? est-ce un ordre suprême
De son prince, Méry, qui la fait, d'elle-même
Ainsi, venir à moi, sans effort, ni revers?

Non, c'est que l'harmonie est partout où vous êtes,
Madame, et, comme il sait improviser des vers,
Que vous improvisez, vous-même, des poètes.

III

LA COLOMBE DE L'ARCHE.

A Mlle EULALIE FAVIER*.

Quel spectacle affligeant partout s'offre aux regards !
Sont-ils venus les jours prédits par le Prophète ?
L'impiété déborde ; une noire tempête
Menace d'engloutir notre culte et nos arts.

Voyez ! le flot impur monte de toutes parts,
Sans qu'une voix puissante ose lui dire : Arrête !
Nos croyances en vain luttent ; la vague est prête
A disperser, au loin, leurs vains débris épars.

Mais vous, quand cette mer ainsi gronde, irritée,
Dans votre arche de foi constamment abritée,
Vous suppliez le ciel d'éloigner tant de maux ;

Et vous laissez, vers nous, en colombe choisie,
Voler votre pieuse et tendre poésie
Qui toujours, en rentrant, vous porte des rameaux.

* Auteur des *Poésies de l'ame* et d'*Espoir et Souvenir*, recueils poétiques
qui ont valu à Mlle Favier les suffrages les plus honorables.

IV

LE MIROIR POÉTIQUE.

(ÉCRIT SUR L'ALBUM DE MADAME G. DE F.)

Les vers pour vous, Madame, à flots, viennent pleuvoir
Dans ce coquet album ; d'hommages on l'inonde.
Chaque urne poétique à ce pur réservoir
Est fière de porter un tribut de son onde.

Et vous, ange en exil au désert de ce monde,
Sur ce livre penchée, il vous est doux de voir
Votre image se peindre et flotter, rose et blonde,
Dans le cristal du vers, comme dans un miroir.

Oh ! je l'aurais aussi, moi, cette fantaisie
De faire, sous vos yeux, couler ma poésie ;
Mais c'est un flot amer ne roulant que des pleurs ;

A votre beauté pure il faut d'autres poètes :
Ce n'est pas au ruisseau troublé par les tempêtes
A réfléchir le ciel, les astres et les fleurs.

V

LA RUCHE.

A MADEMOISELLE JOSÉPHINE G......,

dame de la maison royale

de St.-Denis.

Cette calme retraite où vous aimez à vivre,
Saint-Denis, n'est-il pas comme une ruche d'or
Où des abeilles-sœurs assemblent un trésor
De poétique miel, dont le parfum enivre ?

Félicie[1] en versa des flots dans son doux livre ;
Elise en a d'égal même au tien, grand Victor !
Henriette, n'osant montrer le sien encor,
En bouts-rimés du moins, goutte à goutte, le livre.

Mais vous cachez le vôtre ; et, quand nous essayons,
Parfois, d'en obtenir de vous quelques rayons,
« Je n'ai pas de ce miel, » êtes-vous prompte à dire ;

Et vous en répandez, cependant, à la fois,
Et dans tous vos discours, coulant en mots de choix,
Et dans votre regard et dans votre sourire.

[1] Mlle Félicie d'Ayzac, dame de la maison royale de St.-Denis, a publié sous le titre de : *Soupirs poétiques*, un volume de poésies très remarquables. Trois de ces compositions ont été couronnées par l'académie des jeux floraux.

VI

FRATERNITÉ.

A M. LE BARON ALEXANDRE GUIRAUD,

membre de l'académie française.

> Dicit matri suæ : Mulier ecce filius tuus.
> Deinde, dicit discipulo. Ecce mater tua.
> *Evangile St. Jean.*

Hommes! pourquoi marcher isolés dans la vie,
Et, sans jamais songer à devenir meilleurs,
Riches, toujours du pauvre oublier les douleurs,
Pauvres, toujours montrer au riche un œil d'envie?

Aimons-nous; le bonheur de tous nous y convie;
C'est-là le seul remède à nos communs malheurs.
La terre but assez et de sang et de pleurs;
Qu'elle respire enfin, calme, heureuse, ravie!

Chrétiens, réalisons cette fraternité
A laquelle appelait toute l'humanité
Le Sauveur, à la fin d'une agonie amère;

Lorsque Marie et Jean recueillaient, sous la croix,
Ces mots, réglant de tous les devoirs et les droits:
« Femme! voilà ton fils; homme! voilà ta mère. »

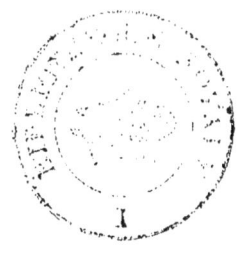

www.ingramcontent.com/pod-product-compliance
Lightning Source LLC
Chambersburg PA
CBHW061702180626
46818CB00003B/1227

* 9 7 8 2 0 1 1 2 6 5 9 2 0 *